TAPISSERIES ANCIENNES

DE BEAUVAIS ET DES FLANDRES

BRONZE du temps de Louis XIV

Appartenant à un Amateur

CONDITIONS DE LA VENTE

Elle sera faite au comptant.

Les adjudicataires paieront **dix pour cent** en sus des enchères.

Paris. — Imp. Georges Petit, 12, rue Godot-de-Mauroi. — [illegible]

CATALOGUE

DES

TAPISSERIES

ANCIENNES

DE BEAUVAIS ET DES FLANDRES

DONT

L'Enlèvement de Proserpine, d'après François BOUCHER

ET D'UN

BRONZE du temps de Louis XIV

Hercule vainqueur du Lion de Némée

Appartenant à un Amateur

DONT LA VENTE AUX ENCHÈRES PUBLIQUES AURA LIEU A PARIS

GALERIE GEORGES PETIT, 8, Rue de Sèze

Le Lundi 26 Mai 1913, à 3 heures 1/2

Après la vente de la Collection de M. X...

COMMISSAIRE-PRISEUR

Mᵉ F. LAIR-DUBREUIL

6, rue Favart

EXPERTS

MM. PAULME & B. LASQUIN FILS

10, rue Chauchat. — 11, rue Grange-Batelière.

EXPOSITIONS

PARTICULIÈRE : *Le Samedi 24 Mai 1913, de 1 h. 1/2 à 6 heures.*

PUBLIQUE : *Le Dimanche 25 Mai 1913, de 1 h. 1/2 à 6 heures.*

A

DÉSIGNATION

BRONZE

A — *Hercule vainqueur du Lion de Némée.*

Le Dieu est représenté nu, assis sur un rocher posant le pied sur le monstre étendu qu'il vient de tuer. Il appuie son bras droit sur sa massue et tient dans la main gauche, un glaive. Bronze patiné du temps de Louis XIV. Socle rectangulaire mouluré en marqueterie de cuivre et écaille, sur ébène, orné de bronzes ciselés et dorés : moulures à oves et entrelacs, pieds-consoles à têtes de dauphins et pieds à volutes; mascarons sur les milieux des côtés.

Hauteur du bronze, 52 cent.
Largeur à la base, 55 cent.

TAPISSERIES

B — TAPISSERIE de la Manufacture Royale de Beauvais, faisant partie de la tenture : *Les Amours des Dieux* (2e pièce de la tenture). d'après un carton de François BOUCHER, et représentant :

L'Enlèvement de Proserpine.

Pluton. sur son char traîné par deux chevaux conduits par l'Amour, enlève Proserpine occupée à cueillir des fleurs avec ses compagnes. Pendant ce temps. la nymphe Cyane, qui a vu le ravisseur, veut l'arrêter. mais Pluton la transforme en fontaine.

Bordure d'encadrement simulant un cadre doré à torsades de feuillages et rosaces.

Haut., 3 m. 48; larg., 3 m. 25.

B

C — TAPISSERIE flamande du temps de la Régence, représentant une composition à personnages mythologiques :

Neptune et Amphitrite.

La Déesse est sur son char fait d'une coquille que traînent deux chevaux marins, conduits par un Amour soufflant dans une conque ; deux nymphes lui font cortège. Auprès d'elle, Neptune, armé de son trident, est assis. Au-dessus d'eux, dans les nuages, voltigent les vents.

Fond de paysage accidenté, rochers, chutes d'eau, etc.

Haut., 3 m. 15 ; larg., 2 m. 50.

D — TAPISSERIE flamande du temps de la Régence, de la même tenture que la précédente. Elle représente : *Flore.*

Au centre de la composition, la Déesse des Jardins est assise sur une terrasse, au-dessous d'un dais formé par une draperie accrochée à un arbre. Derrière elle, trois de ses suivantes : l'une d'elles pare sa chevelure et une autre, un genou en terre, lui présente une corbeille de fleurs. Au second plan, un jardinier, tenant une bêche, et une jardinière portant un arrosoir.

Fond de jardin, avec parterre.

Haut., 3 m. 25 ; larg., 2 m. 20.

D

E — TAPISSERIE flamande du temps de la Régence.

Elle offre une composition à petits personnages, au milieu d'une verdure, avec fond de parc agrémenté d'un château d'eau, de portiques et de parterres. Vers le centre, sur un tertre près d'un arbre, et abritées par des buissons fleuris, quatre jeunes femmes s'apprêtent à se livrer au plaisir du bain. Vers la gauche, groupes de personnages secondaires.

Encadrement fait d'une large bordure à très riche décor de guirlandes et chutes de fleurs et fruits : animaux divers : dauphins, singes, perroquets, etc.

Haut., 3 m. 35 ; larg., 3 m. 70.

F — TAPISSERIE flamande du temps de la Régence, de la même tenture que la tapisserie précédente.

Elle présente, comme elle, une composition à petits personnages, au milieu d'une verdure, avec fond de parc et palais, château d'eau, fontaines et parterres. Un groupe de quatre petits personnages occupe, au premier plan, la droite de la composition.

Même encadrement de bordures que précédemment.

Haut., 3 m. 40 ; larg., 3 m. 10.

G — TAPISSERIE flamande du temps de la Régence, de la même tenture que les deux tapisseries qui précèdent.

Elle présente, dans un paysage boisé, deux personnages, accompagnés de chiens, se livrant au plaisir de la chasse. Au-dessus des arbres, on aperçoit le faucon qui a tué sa proie. Fond de paysage, avec château sur une terrasse dominant une pièce d'eau.

Même encadrement de bordures que précédemment.

Haut., 3 m. 35 ; larg., 2 m. 65.

H — TAPISSERIE flamande du temps de la Régence, de la même tenture que les trois tapisseries qui précèdent.

Elle offre un sujet de chasse, dans un paysage. Sur le bord d'un ruisseau, planté de roseaux, un personnage excite de la voix et du geste, un chien contre deux canards, dont l'un prend son vol, et l'autre fait un plongeon pour échapper à la poursuite de l'animal. Fond de jardins, avec parterres et charmilles.

Même encadrement de bordures que précédemment.

Haut., 3 m. 40 ; larg., 2 m.

G

H

www.ingramcontent.com/pod-product-compliance
Ingram Content Group UK Ltd.
Pitfield, Milton Keynes, MK11 3LW, UK
UKHW020221180726
13838UKWH00005B/2129